COLLECTION

DE

TABLEAUX

ET

DESSINS MODERNES

CABINET DE M. J. CLAYE

COLLECTION

DE

TABLEAUX

ET

DESSINS MODERNES

COMPOSANT LE CABINET DE

M. J. CLAYE

DONT LA VENTE AURA LIEU LE SAMEDI 20 DÉCEMBRE 1856
A DEUX HEURES PRÉCISES

RUE DROUOT, SALLE N. 4

Par le ministère de Mᵉ DELBERGUE-CORMONT, Commissaire-Priseur
8 RUE DE PROVENCE

Assisté de M. FRANCIS PETIT, Expert
24 BOULEVARD POISSONNIÈRE

EXPOSITION PUBLIQUE

VENDREDI 19 DÉCEMBRE, DE MIDI A 5 HEURES

PARIS

IMPRIMERIE DE J. CLAYE

RUE SAINT-BENOIT, 7

1856

La vente sera faite au comptant.
Les acquéreurs paieront 5 p. 0/0 en sus
des adjudications.

Ils seraient bien malheureux, les amateurs, s'ils avaient tous le même goût et si aucun d'eux n'en devait changer. Quelle que soit sa fécondité, le génie de l'art ne suffirait point à satisfaire leurs désirs, ou comme on disait autrefois, leur *curiosité*. Pour ne parler ici que de peinture, la possession des tableaux que tout le monde poursuivrait d'une égale ardeur, deviendrait le plus cruel des priviléges. Heureusement qu'il n'en est pas ainsi, et que, pour répondre à l'infinie variété des productions de l'art, il y a une infinie variété de curieux. Les uns n'aiment que les anciens, et, parmi les anciens, ils recherchent seulement telle nation, telle école; les autres ne s'attachent qu'aux modernes, soit parce qu'ils ont fait leur éducation dans nos ateliers de peinture, soit parce qu'ils ont ainsi la certitude qu'on ne pourra les tromper, et qu'ils auront pour leur argent des Decamps bien véritables, des Diaz ou des Tassaert bien authentiques, d'incontestables Troyon, des Rousseau signés de sa propre main.

Et non-seulement les amateurs sont séparés entre eux par les plus fines nuances du goût, mais chacun d'eux est sujet aux variations de sa propre manière de voir. Loin de les en blâmer, il faut au contraire s'en réjouir; car c'est bien assez que tant de chefs-d'œuvre fameux soient immobilisés dans les grandes galeries de l'Europe et dans certaines collections privées de l'Angleterre, sans que tels ou tels morceaux moins célèbres, mais encore précieux, soient emprisonnés dans l'inamovible cabinet d'un amateur trop fidèle à ses penchants. Le divorce doit être permis, même pour les mariages d'inclination. Eh ! combien de gens épouseraient avec passion un tableau de cabinet, alors que ce tableau a fatigué l'enthousiasme de l'amateur qui le découvrit un jour, et le mit sous son bras avec des transports d'admiration ! Tel mets délicieux dont nous sommes saturés ferait la joie d'un autre gourmet. Laissons-donc les objets d'art changer de maître, car à ce mouvement des choses personne n'y perdra ; ni les curieux auxquels un connaisseur délicat va livrer en un jour le fruit d'une recherche qui a duré dix ans ; ni les artistes qui, par la circulation de leurs ouvrages, verront s'augmenter la clientèle de leurs admirateurs ; ni celui qui trouvera dans la vente de son cabinet de quoi s'en composer un nouveau, car le vendeur d'aujourd'hui sera l'acheteur de demain : ainsi va la vie.

Les amateurs verront figurer dans cette vente les plus estimés et les plus charmants de nos maîtres contemporains, des peintres dont le talent leur est familier : Bonnington, Corot, Jules Dupré, Français, Jacque, Rousseau, Troyon, Charlet, Gavarni, Marilhat, Roqueplan, Jules André, Picou, et le Diaz d'autrefois, celui qui pénétra un jour dans les jardins enchantés du Sérail et nous en rapporta tous les trésors, femmes et bijoux. On se disputera aussi deux peintures de la puissante main du grand Géricault ; des pâturages de Coignard et de Daubigny ; un *Canal* de ce bon Joyant, que son lumineux pinceau avait naturalisé Vénitien ; des fusains de Bonvin et de Villevieille ; une *Caravane* de Guignet qu'on prendrait pour un Decamps ; un ravissant morceau de ce pauvre Achille Giroux, qui peignait si bien les chevaux de halage et qui n'en peindra plus ; deux paysages de Lambinet et d'Eugène Lavieille ; des sujets de genre par Darcy, Pezous, Tesson, Tabar ; deux jolis tableaux de fruits et de fleurs par M. A. Bauderon, et enfin trois ou quatre Tassaert pleins de sentiment, et dont l'un nous montre, bercé par la poésie des rêves, dans les régions de l'idéal, ce peintre excellent que j'appellerais autrement le Prudhon des pauvres.

Mais parmi ces maîtres aimables, aimés et connus de tout le monde, il est un artiste qui se produit aujourd'hui avec infiniment de distinction au grand jour de la vente publique, c'est M. Eugène Villain. Qu'il nous soit permis d'attirer l'attention de nos confrères en curiosité, sur ce jeune homme qui voit la nature si naïvement et si juste, qui a la touche si ferme et si franche, et qui, dans un genre qu'a illustré Chardin, est déjà si remarquable par la vérité de l'observation, la sobriété de la manière, et la discrétion des accessoires. Sans sortir des modestes motifs de l'intérieur de ferme et des petites scènes de famille, M. Villain a su varier ses tableaux, et saura, nous le croyons, intéresser les acheteurs par son Repas de paysan, sa Servante bretonne, sa Lecture, sa Ménagère, son Livre d'images, ses appétissants Déjeuners, ses savoureux Desserts, et enfin par ces frais Bouquets de fleurs que nous appelons si improprement des *natures mortes*, et qui vivent deux fois au contraire, un jour dans la nature, un siècle sur la toile.

CHARLES BLANC.

DÉSIGNATION

ANDRÉ (JULES)

1. — Intérieur de forêt.

BAUDERON (A.)

2. ✝ Fleurs et fruits.
3. — Fruits.

BONNINGTON

4. ✝ Côtes de Normandie. Effet de soleil.
5. ✝ Au bord de la mer. Effet de ciel après
l'orage. — Étude.

COIGNARD

6. — Pâturage le matin.
(Réduction du tableau du Luxembourg).

COROT

7. ⊬ Champ de blé.

8. ⊬ Paysage. — Étude.

CHINTREUIL

9. — Le champ d'avoine.

10. — L'entrée du bois.

11. — Étude de peupliers.

12. ⊬ La campagne l'hiver. Effet de neige.

DAUBIGNY

13. ⊬ Paysage. Effet de matin.

14. —   d°.   Effet de soir.

DIAZ

15. — Vénus et l'Amour.

16. — Forêt de Fontainebleau. — Paysage.

DARCY

17 Intérieur de forge.

DUPRÉ (JULES)

18. Intérieur. — Nature morte.

FRANÇAIS

19. — La vallée des Aqueducs, près Tivoli.

20. — Vue prise à Bougival.

GUIGNET

21. — Caravane.

GIROUX (ACHILLE)

22. — Chevaux de halage. Effet de soir aux bords
de la Seine.

GÉRICAULT

23. — Cheval à l'écurie.
24. — Tête d'homme.

JOYANT

25. — Le grand canal à Venise. Effet du matin.

JACQUE

26. — Basse-cour en Normandie.
27. — Porcs.

LACOSTE

28. — Nature morte.

LAMBINET

29. — Vue prise au bord de la Seine.

LAVIEILLE (E.)

30. — Vue prise à l'île Saint-Ouen.

PICOU

31. ⧸ La coupe de l'Amour.

PEZOUS

32. — La partie de cartes.

33. — Le Val-Fleury, vue prise du bord de la Seine.

ROUSSEAU (THÉODORE)

34. — Paysage. Effet de soir.
   (Ce tableau a été gravé par Marvy).

35. ⧸ Forêt de Fontainebleau (Étude).

TROYON

36. ⧸ Effet de soleil couchant.

TASSAERT (OCTAVE)

37. ✚ Renaud dans les jardins d'Armide.

38. ✚ Un rêve de jeune fille.
  (Endormie dans un bois, elle se voit lutinée et déshabillée par des Amours).

39. / Les pauvres filles dans le bois.

40. ✚ Rêve aux amours.

TABAR

41. — L'enlèvement.

VILLEVIEILLE

42. ✚ L'orage.

43. — Route de Nohant.
  (On aperçoit sous les arbres l'habitation de Mme George Sand).

44. ✚ La campagne le matin. Effet de printemps.

45. — Vue prise à Marcoussis.

VILLAIN (EUGÈNE)

46. + Le livre d'images.

47. + Le repas du paysan.

48. + Fille de ferme.

49. + Servante bretonne.

50. + La lecture

51. + Intérieur Breton.

52. + La ménagère.

53. — Le déjeuner d'huîtres.

54. + Le déjeuner de fruits.

55. + Dessert de pâtisserie.

56. — Lapin mort.

57. + Bouquet dans un vase.

DESSINS

BONVIN

CHARLET

GAVARNI

(TROIS AQUARELLES)

MARILHAT

PERUGINI

(D'APRÈS CASANOVA)

65. — Un Royal-Cravate à cheval.

66. — Un hussard de Chamboran à cheval (Dessins).

ROQUEPLAN (CAMILLE)

67. — Paysans des Pyrénées. Deux figures sous le même cadre (Dessins).

TESSON

68. — Basse-cour (Aquarelle).

69. — Les Lavandières. *d°*.

VILLEVIEILLE

70. — La mer à Fécamp (Dessin).

71. — Site de Normandie.   *d°*.

PARIS. — IMPRIMERIE DE J. CLAYE, RUE SAINT-BENOIT, 7